아버지 내 몸 들락거리시네

아버지 내 몸
들락거리시네

황명자 시집

反詩시인선 005

시와반시

시인 황미라

경북 영양 출생
1989 『문학정신』으로 등단
시집 『귀단지 』, 『절대고수』, 『자줏빛 얼굴 한 쪽』 외
메일 enlight1207@hanmail.net
손전화 010-7925-0806

시인의 말

- - - - - - - - - - - - -

귀신과 논 지 오래 되었다.

귀신들은 곧잘 꿈속을 헤집고 다니다가

저승문을 찾은 듯 빠져나가곤 한다.

그럴 때마다

내 시들은 귀신들에게 탈탈 털려버린

영혼이 아닐까, 허허로워진다.

기꺼이, 내 꿈에서 빠져나가 주신 아버지처럼

모든 영혼들이 편안하게 제 길 찾아갔으면 좋겠다.

2018년 가을에 들면서

황명자

차례

2 생각이라는 것

3 적적할 거란 말

4 유배의 길

1

박명의 시간

족두리풀

꽃도 아닌 것이,

꽃처럼 펴서

꽃인 것이,

풀 밑에 숨어서

겨우겨우 행세한다

오도암 가는 길

갈잎 뚫고 애처로이 바깥 살피는

저 눈빛에 그만 가슴 무너지네

족두리 쓰고 수줍게 앉아

소박맞은 첫날밤 신부처럼

아리땁고도 창백한 저 얼굴

누가 벗겨 주지 않으면

꽃인 줄도 모르고 지나칠 뻔한

아찔한 봄꽃!

나무보살

법당 앞마당 양켠에
백일홍나무 두 그루
겨우내 설산고행 부처처럼
깡마른 몸이었다가
가사장삼 켜켜이 걸쳐 입고
야단법석인 불제자처럼
긴긴 여름 꽃단장 중이다
관음의 화신인 듯
오는 사람마다 발목 잡고

법당에서 주절주절 흘러나오는
經소리에 솔깃 귀 기울이더니
어느 새 활짝 꽃 피우는
저 열정!

번뇌에 들게 하고
한 번은 되돌아보게 한다
원효암에서는

나무도 보살이다

기웃거리는 아버지

아버지 내 몸 들락거리시네
몸 하나 차지하려는 악다구니에
삭신이 와글와글 분주하다네
저승에 못 가셨나, 아버지
이승의 몸에 자꾸 붙으려 하시네
늦여름 홍살문 앞뜰에 핀 상사화처럼
몸 따로 맘 따로 허허로운 맘
어찌 알고 찾아와선
꿈을 빌미로 딸 몸 탐하시려나,
몸 구석구석 기웃거리다가,
하룻밤에 몇 차례 들락날락하시다가,
밤새 그러시다가
손 흔들며 영영 돌아가신다 하네
오색찬란한 들판 지나
안개 자욱한 수평선 가로질러
저승문 들어가시네
신열로 들끓던 몸이,
둥둥 날아갈 듯 가벼워지는 아침이네

薄明의 시간

황명자님, 가을이네요
황색이 밝은 가을에
놈자 짜(字)가 붙어 환상이네요

선배시인님 한 분이 보내온 문자에

전 아들자 짜(字) 쓰는데요?

대뜸 가르치듯 보낸 답신 한마디

놈자 짜(字)든 아들자 짜(字)든
이 가을에 무슨 상관인가,

선문답에 오지랖떨었다
차마 부끄러워 옷깃 여미는데
농익은 가을이
깊은 하늘 속 구름 한 덩이 머금고
박명의 시간 우련히 열어놓는다

가시

부모에게 자식은

손톱 밑에 박힌 가시 같을 때가 있다지

텃밭에 심어 놓은 엄나무,

멋모르고 건드리면 가시 돋친 몸 발끈한다네

자식은 그런 존재라지

순식간에 물오른 가지마다 새순 돋고

밤새 활짝 피고 마는 엄나무순처럼

자식은 불쑥 자라 있네

손톱 밑 가시는 아직도 그대론데

제 몸에 가시 하나만 믿고 큰 자식들,

제 갈 길 찾아 이 도시 저 도시 뿔뿔이 떠났다가

이따금씩 그리운 집이라며 찾아들지만,

가지 하나 버릴 게 없는 엄나무처럼

잘 큰 것도 같지만,

늙으면 모여 살아야 덜 외롭다며

텃밭 한 떼기씩 차지하고

모일 때마다 가꾸느라 분주하지만,

자식에게 부모는 이제

눈엣가시 되어 있음을 이미 알고 있지

저녁 일곱 시

안절부절 못하고 끙끙댄다

산책 갈 시간이다

정확하게 시간을 지키는 저 예리함은

어디서 오는 걸까,

시간을 너무나 철저하게 기억하는 건

습관 탓이다 한두 번쯤

시간을 당기거나 늦추기도 했다면

저토록 오매불망 않을 텐데

지나치게 시간을 조율해 온

주인의 우매함에서 빚어진 잘못이다

저녁 일곱 시만 되면

밤의 증후군에 끊임없이 시달리는 것도

따지고 보면 스스로에게 시간을 너무 허용해 준 탓이다

이 시간이면

더없는 고즈넉함에 세상은 눈물로 젖는다

밖을 활보하고픈 개의 애절한 눈빛과 달리,

밝지도 저물지도 않은

우울의 시간이며

목어의 속처럼 허한 기다림의 시간이다
時針에 매달린 채 좀더 어두워지길 기다린다면
어느덧 길들여진 개는 목청을 더 높이지 않고
죽은 듯 누울 것이다
어둠은 모든 짐승들을 이렇게 잠재운다
시간의 경고는 결국,
무수한 밤을 밀어내게 하지만

윤필을 만나다

켜켜로 쌓인 산벚꽃잎들이며 참꽃잎들
육공양하듯 발끝에서 꽃물 게워낼 동안
찰나의 시간들 또 지나간다

윤필 만나러 가는 길,
관골이 멀쑥한 사내 하나가
먼저 앞질러 오르면서 눈인사 나눈다
나비처럼 나풀나풀 날아오른다
옷깃만 스쳐도 인연이라 했는데
몇 겁을 스쳐 온 生이길래
저리 눈 맞추고 갈까

사불암에 오르려니 생각이,
수만 권 경전처럼 차곡차곡 쌓인다

부처가 앉았는 수미단 끝자락에
윤필이 살았다는데 그가 쌓았다는 공덕들
사불에 고스란히 새겨졌다

세월에 마모된 얼굴빛 수척해도

눈빛, 강렬하다

적멸에 들고픈 여자들,

부처에 한 몸씩 맡긴 채

빌고 또 빌어보지만

사불암에서 윤필을 만나고서야 깨닫는다

단지, 허공에 기대었단 것을

자주 못 온단 말

남해 남면 선구리에 임씨 할매 살고 있다

글자는 몰라도

당신 성씨가 맡길 임 자(字) 쓴단 것 정도는 안다

골목 첫 집 둥지 틀고 산 세월 어언 반 평생이라는데

만날 때마다 성이 뭐냐고

자기는 맡길 임, 임가라며 남해읍에

딸이 하나 있는데

유명한 제과점 한다는데

그래서 자주 못 온단 말

묻지 않아도 안내방송하듯 되뇌이곤 한다

골목 안집 덜컥 사면서

임씨 할매 지금껏 부쳐먹었다던 텃밭때기,

떡하니 차고앉아 당당하게 작황 중이라

딱히 쓸 일 없어 그냥 뒀더니

수세라며 완두콩도 한 바가지 주고

햇감자도 한 자루 떠넘긴다

– 하모, 오래 전부터 내가 부쳐먹던 기라!

특약처럼 못 박을 때마다

바닷가 몽돌들,

파도에 잠겨 가랑가랑 울어쌓는다

우듬지에 걸린 연처럼

왜 늘 아프냐고 물어온다

늘 아프구나,

심장이,

우듬지에 걸린 연처럼 팔락거린다

못 볼 꼴 보인 것만 같아 숨고 싶은 맘,

어둠 속에라도 몸 감추고 싶은 맘,

아픈 게 자랑은 아니지만

어디가 아프냐와

왜 아프냐는 물음 차이를 모르는 그 때문에

그만 눈물이 울컥 솟구쳤다

다정이 지나치면 병이라지만

무심은 지나치면 치유가 된단 걸 모르는 그에게

아픈 걸 새삼 깨우쳐 줘서

고맙다고 해야 하나,

몸이 아픈지 맘이 아픈지도 모르고

왜 아프냐고 묻는 그 때문에 나는

가끔씩 울고 싶어진다

은점마을

은점마을에

은을 팔던 점빵은 이제 없다

파도만 요란스러울 뿐

은점에서 하룻밤은 기다리던 소식만큼 더디게 간다

이른 아침,

은빛으로 빛나는 파도를 보면서

생의 반환점을 돌 듯

지나온 시간들을 주절주절 풀어 놓는 사람들

다시, 공허한 맘으로 바다 곁을 떠난다

그 세월, 꾸역꾸역 삼키느라

저토록 힘겹게 게워내듯 파도치는가!

은점(銀店)도 은을 팔던 사람도 없지만

바다 빛 은은하고 유정하다

부푼 바다

사촌바다에서 일몰을 본다

해의 몸은 물비늘에 아롱지다가

파도에 밀려 미끄러지듯

눈부시게 바다 밑으로 가라앉으려 한다

사촌바다에서

일몰은 일출보다 환하다

다시 불끈 솟아오르려는

해는,

바다 위에서 출렁거리기도 한다

그럴 때마다 가슴 저 밑에서

뭉글뭉글 올라오는 미련한 다짐들,

회한 남는 날들을 만회라도 해 주듯

툭, 툭, 털어내게 한다

사촌바다에서 일몰은

우두커니가 되어

그냥 하염없이, 빨려들고프게끔 한다

미친 듯 달려온 길을 멈추고 머무르게 한다

돌아갈 집조차 없는 노숙객처럼 망망대해에

넋 놓고 있을 때
저, 일몰은 매우 관대하다
한껏 부풀어 있던 몸 녹여
황금 바다 만들어 놓는다

밤새 빈 몸이었다가
― 화가 김환기의 '산월'에서

달은
산의 몸에 깃들었다가 떠오른다

산은
낮 동안 저렇게 큰 달을 품고 있느라
금방 몸 푼 산모의 젖가슴처럼 풍만한 봉우리를
자랑하듯 불쑥 내밀고 있다

산은
달을 바다에 내려 놓기도 하지만
대부분 산 위에다 올려놓는다

흥얼흥얼 곡조없는 자장가 부르는 어미처럼,
등짝 흥건하도록 어린 달 들쳐없고
산은 만월 되길 기다린다
세상 환하도록 둥글게 부푼 달덩이
물컹 쏟아놓고는

밤새 빈 몸이었다가

이른 아침 또 다른 달을 품느라

너무나 고요한 산이 된다

늙은 호수

외롭지 않으려면

깊은 속을 알아봐야 할 것,

상처를 상처로 보지 않고 사랑으로 봐야 할 것,

죽음의 순간에서도

따뜻한 몸으로 끝끝내 피워 내는 저 꽃들처럼

몸 안 가득 온기를 저장해 둘 것,

상처투성이로 돌아앉은 맘엔

품 안의 온기를 꼭 내뿜어 줄 것,

외롭다는 건

그만큼 처절한 대가가 따르는 것,

살갗 찢고 올라오는 가시연의 고통스런 탄생까지도

말없이 감싸 줘야 하는 것,

적요 속에서 알을 품고 탄생시키고 함께 생존하는 동안

누구도 그렇게

늙었다고

볼품없다고 흉보지 않는

그 속엔 따뜻한 아픔이 있었던 거야

죽음값

한 달여 아픈 몸을 어쩌지 못해
바깥 구경 어려울 때도
계절은 가고 있었다
울컥, 슬픔이 다녀가곤 했다
집 안에 슬픔이 탑처럼 쌓였다
별말 아닌데도 서러움이
가슴 위로 불쑥불쑥 올라와서
상처를 남겼다
몸이 우는 소리 낼 때면
한번씩 그럴 때가 있다
음습해 오는 몹쓸 징조들,
간밤에도 그랬다
죽는다는 건 두렵지 않다고
단지 죽음값 치르려면
지독한 고통이 따른다는데
그 값 치르지 않고는
저승문 못 들어선다고 하던데
지금이 그땐가,

늙은 엄마 눈 뜨면 하는 말

자는 잠에 가게 해 달라고

왜 안 데리고 가느냐고

그게 그렇게 쉬운 게 아닌데

그래도 엄마,

자꾸만 가까워진 것 같은데

리리카*

밤새

아주 멀리 다녀왔다

세상이 낯설다

바늘로 가슴을 꿰매다가 콕. 찔리는 바람에

놀라 깨기도 하고

누군가 드릴로 머리맡을 뚫는데도

가위에 눌려 외마디 소리도 내지 못하고

허우적대기를 몇 차례

원수는 외나무다리에서 만난다더니

한 곳에 다 모여 왁자하다 쥐들이

우르르 몰려들어온다

지네 같은 벌레들이 등을 곧추세우고 달려든다

곧 숨이 끊어질 것 같다

밤의 끝에서 허우적대는 매음녀처럼

여러 차례 신음소리 낸 기억이 어렴풋하다

악몽의 끝은 이름만 들어도 달콤한

리리카*가 해결해 준다는 걸

뒤늦게 깨닫는다

밤이 너무 길기도 했지,

온갖 유혹에 몸부림치던 밤이

아주 느긋하게 돌아간다

*리리카: 신경안정제의 일종

2

생각이라는 것

몸이 맘이라면

몸이 맘이라면 얼마나 좋을까

맘대로 할 수 있으니

말 안 듣는 몸이 맘처럼 안 된 지 오래 됐다

아귀가 틀린 의자처럼 삐걱거리다가

때때로 블랙홀로 빠져드는 느낌이다

어쩌면 맘이 몸에게 시키는 걸지도 모른단 생각,

문득 들 때도 있다 맘 같아선 천 리도 가겠는데

몸이 말을 들어먹질 않는다고 툴툴대다가도

맘만 먹으면 까짓거, 할 때도 있는 걸 보면

맘이 몸에게 시키는 게 맞다

몸이 아프면 맘을 달래고

맘이 아프면 몸을 움직이면 낫는다고

그래서 몸과 맘은 하나인 거라고

그런데 몸이 말을 듣지 않자 맘이,

자꾸만자꾸만 몸에서 멀어져간다

조리퐁에 대한 說

마트 입구 거치대에 버젓이 얹혀 있는

조리퐁을 사러 간다는 그녀

여자 음부를 닮았다고 불매운동을 외쳤다던

여성학자도 있다던데

그럼 쭈쭈바는 어떻고?

고추도 먹으면 안 되겠네?

조리퐁이 요기가 되는지 궁금하고

조리퐁을 개발한 사람은 여잘까 남잘까

퀴즈 맞춘 사람에게

조리퐁 한 박스 상품으로 주고 싶고

왜 그녀는 엄지와 검지로 조리퐁을 한 개씩 집어먹는지

궁금할 즈음,

달달한 맛의 적당함 때문이 아닐까 싶은.

삶의 쓴맛을 너무 많이 봐버려서

우리에게 필요한 건 적당한 달달함이 아닐까 싶은,

그래도 계속 먹는다면 뭔가 해로울 것 같은,

나만의 얄팍한 결론에 다다르자

어라? 조리퐁 봉지 속에 조리퐁보다 더 많은

우울이 가득하네

아마도 그녀는,

그래서, 또, 조리퐁을, 먹지, 싶은,

택배

올 농사 잘 됐다며
청차조 석 되 주겠다던 종삼 씨가
밤새 세상 버렸다는 소식을
택배와 함께 받았다
나만 보면 갑장 왔냐고
핏기 없는 낯으로 반겨쌓더니
농사 아무나 짓는 게 아니라고
함부로 귀농할 생각 말라며
우스갯소리 해쌓더니 그만 세상 버렸단다
감전사고 당했을 때도 살아나고
뇌경색 왔어도 거뜬 일어났다던 그가,
훌쩍 먼 길 떠났을 땐
이미 예고된 일일 텐데,
온갖 약속 늘어놓을 때
알아봤어야 했는데,
값이라도 미리 쳐줬으면
노잣돈에라도 보탰을 청차조 석 되
어스름녘 낙조를 몰고 내게로 왔다

하필이면

하필이면 그날,
몸에 붙은 객귀 떼내보겠다고
우르르 몰려서
남산동 골목 안 무당집 찾아나섰지

몸에 붙은 객귀는
굿을 해야 한다며 우겨대던 누군가의 말대로
밑져야 본전이라며 앞장선 길이
폭설에 뒤덮인 걸 보고
구천을 떠돌던 객귀의 시샘이라던
사람 얼굴이 순간 객귀처럼 보였는데

골목골목 겨우 찾아낸
지번도 없을 것 같은 집 안을
기웃기웃 넘보려는 순간
기다렸다는 듯 덜컥 문 열리고
앞다퉈 뛰어들던 눈발들,
와글와글 시끄럽던 몸이,

금세 고요해지지 뭐야

가을 타다

창 밖 오래된 느티나무,

나이만큼 온갖 바람 숨어 있네

말라비틀어져 이파리 몇 개 붙은 나뭇가지에서

바람공장처럼 온갖 바람 만들어내네

개꼬리부채만도 못한 바람,

생각 않으려 해도 자꾸만 귀에 걸리네

해질 무렵

느티나무 잎새에 이는 바람,

어린 암고양이 울음으로

살금살금 들어와서 슬그머니,

가을을 타게 하네

애당초 느티나무만 아니었다면

애타하지 않았을 거라네

모든 바람은 혼자선 소리 내지 않는다는 걸

모든 감정은 혼자일 때 깊어진다는 걸 알면서도

애먼 느티나무에 시비 걸어보네

나뭇가지가지에 속속들이 숨었는 바람,

나무와 함께 베어진대도

여전히 불어댈 거란 걸 알지만

깊이를 알 수 없는 심연의 늪으로

자꾸만 맘 끌어당긴다네

오늘따라 바람이 유난스런 건

느티나무에 빼앗긴 맘 때문이라네

그놈

석고로 손 본뜨기한다

뭉툭한 손가락이 어째 본때 안 난다

여고시절 내 손 보고 못 생겼다고 시비걸던

그놈, 문득 떠오른다

그땐 부끄러워 손 감추느라 바빴다

세월 지난 지금,

나쁜 놈이란 생각이 분노로 되살아난다

선생님이 칭찬 한마디만 해줬어도

인생이 달라졌을 거라던 한 무기수의 변명처럼

핑계 없는 무덤 없겠지만

그놈이

내 손에다 그런 저주만 쏟아붙지 않았어도

이렇게 아프진 않았을 거다

상실감과 함께 본뜬 손이 꾸덩꾸덩 말라간다

손가락마디마디마다 꺾인 맘이 드러난다

온갖 색으로 입히고

평소 로망이던 빨간 메니큐어칠에다

한번도 껴보지 못한 보석반지 끼워 줘 봐도

여전히 볼품없는 손

숨은 맘이,

콩닥콩닥 불안하다

화본역에서

단풍잎 앞 다퉈
먼저 와서 앉는 화본역 벤치에는
무작정 기다리는 이들로
울긋불긋 술렁인다
오래 전,
폐광처럼 문 닫은 높다란 급수대며,
녹슨 레일 위로 얼핏, 을씨년스런 바람 살짝 불어오면
금세 젖어드는 흔적들
거룩한 기적 같은 풍경들이
하나 둘 각자의 안으로 들어가 질펀하게 자리잡으면
대부분 어떤 대상을 추앙하듯 한참을 머무르게 된다
단풍나무 가지 끝에서 안간힘쓰며 붙었던 마지막 잎새까지
떨어지길 기다리는 얄미운 바람처럼
이따금씩 지나는 완행열차에 눈길 머물면
기다림은 곧장 그리움으로 치닫는다
– 화본역에서 잠시, 정차, 정차,
외치는 역무원의 목소리는
오일장이면 아주 잠깐 북적일 뿐

가을 하늘 한 덩이,

흩날리는 낙엽편지 두어 장 태워 가는 게 고작,

더는 낙엽비에 몸 맡기고 어슬렁거릴 일밖에 없는

역무원의 평소 일과는 다 닳은 명아주빗자루로

가을을 자꾸만 쓸어내는 것이다

언제 왔는지 발자국따라 소복소복 앉는

낙엽들을 차마 흘려 둔 채

사라지는 뒷모습마저 쓸쓸한 화본역에는

물컹물컹 익어가는 가을이 있다

바다에 떠넘기다

앞마당 붉은 동백
우물가 보랏빛 천리향
뒷밭에 매화
내외하듯 핀 게 외로워 보여
다들 품안 자식처럼 거둬 줬건만
이사 나오면서
바다에 떠넘겨버렸다네

꽃은 폈을라나
열매는 열렸을라나
거름도 줘야 하는데
신신당부 못하고 온 게
은근 맘에 걸렸는데

지난 봄,
누가 대신 와서 소식 전해 주네
앞마당 동백 뒷밭 매화
바다 벗삼아

수수방관 잘도 폈더라고

남해 금산

한번은 만날 욕심에
절절한 맘 하나 안고
꾸역꾸역 오르는지도 모를 일이다

오랜 지병처럼 삶에 찌든 몸이라면
무거운 맘 하나쯤 맡겨 두고
내려오고 싶을지도 모를 일이다

속세를 등지고 오른다면
깊은 암자 샘터에서 물 긷는
이름 모를 여인네 앞일지라도
백팔번뇌 되뇔지도 모를 일이다

큰 인심 쓰듯 깊은 바다 그늘에만
모습 비춰 주는 숨은 몸,
바닷물결에 얼비치는 그 빼어난 얼굴을
굳이 보겠다고 서리서리 오르는 이유,
속속들이 몰라도 그만인 듯

산으로 오를수록 바다는,

또 하나의 관음을 우뚝 세워 놓은 채

못 이기는 척 발길 돌리게 한다

공중부양하다

자살하면 연옥에도 못 가고
지옥으로 직행한다는 둥
천당엔 아무도 없으니 가도 심심할 거라는 둥
모두 저승문턱에라도 가본 것처럼
아주 적나라하게 떠들어대는 사람들
죽음을 꺼내들다니 신기하다
내 죽음을 알 바 없는 이들,
죽음에 대한 토로는 농담으로 시작되더니
고해성사처럼 엄숙하고 끝이 없다
약속 어긴 게 신경이 쓰여
몸은 눕혀 두고 잠시 혼만 빠져나왔더니
아무도 몰라 준다
객귀처럼 구천을 헤매다 돌아오니
가족들 곡소리 음산하다
몸이 받아들이기에 너무 늦었나
응급실에 누운 몸
호시탐탐 기웃거려보지만 받아 줄 몸이 없다
자살을 했으니 영혼 구제해야 한다는

사람들의 말들이 웅웅 날아다닌다

영혼이 공중부양한 채 떠다닌 지 이틀,

안개 자욱한 길이 보인다

육신이 무쭐하다

섬 안의 섬

– 노도 일지

남해에서 어머니를 떠올리는 것은
사무치는 모정에
한 땀 한 땀 옷을 짓듯
한 줄 한 줄 가슴에 새긴
아들의 글 때문이다
긴긴 밤 불초자 걱정에 잠 못 이뤘다던
어머니!
그 어머니를 추모하며 가슴 절절하게
써내려갔을 사모곡 때문이다

섬 안의 또 다른 외딴 섬에 유배되어
평생을 보내야 하는 자식의 눈물이
어디, 어미 만하랴만
눈물이 바다를 이룬다는 말,
하루하루 야위어가는 속,
남해에 오니 알 것 같다
母子섬 남해에서

노도는 알 수 없는 그리움이다

바다 한 쪽

– 노도 일지

노도의 여정은 짧으나 길다

배도 갈매기 떼도

온 길 돌아갔는지 야속하다

오랜 역사의 뒤안길에 선 듯 아득한 거리,

섬 초입에 집 짓고

그저 고기나 낚으며 조그만 밭 한 떼기

붙여먹으며 사는 사람들의 맘처럼

어떤 풍파에도 아무렇지 않을 무아의 거리가 된다

우물처럼, 작은 호수처럼, 렌즈 안에 가두고

나머지는 자르기를 해서 내보내고 나면

반듯한 사진 한 장이야

두고두고 남겠지만

깊은 속사정은 어디다 담으랴

해풍 맞으면서도 저렇게 잘 큰 동백은

언제부터 노도 앞바다를 봐 온 걸까,

그 꽃송이 지쳐 피멍이 들어 동백일까,

아, 아련한 바다 끝이

파도처럼 몰려와서 렌즈에 담길 동안

노도는 파란 하늘 한 쪽 내어 준다

유배의 시간은 바다 한 쪽에 묻어둔 채

생각

막다른 길에서 계곡을 만나는 일은
어떤 경계도 갖지 말라는 것이다
없음에서 있음으로 가든
있음에서 없음으로 가든
종이 한 장 차이일 뿐이다
봄에서 시작해서 겨울이 끝인 계절도
사람이 정한 규칙인 것을
빈 밭에서 만난 초로의 농부가 가르쳐 준다
길 묻는 나에게
어디든 길이 없겠냐, 좀 고생스러울 따름이란
교훈을 주는 농부의 해탈은
씨앗 뿌리고 수확 위해 온갖 노력을 하면서
터득한 이치가 아닐까,
굳이 앞으로만 가겠다고 고집스레 우겼던
순리라는 것들이 생각 하나에
너무나 쉽게 허물어져 계곡물 속으로 스며든다
나아갈 길 없어 전전하던 맘이
계곡 물처럼 말끔히 사라지는 순간

계곡은 옆구리를 길로 내어 준다

파도처럼

– 노도 일지

벽련항구에서 배를 기다리는 동안

마법의 금가루 같은 누룩가루가

깊은 독 속으로 차곡차곡 내려앉는다

파도가 남긴 거품처럼 보글보글 끓고 있다

노도행 배는 닻 내린 채 물결 따라 출렁대고

기다리는 이의 맘은 술과 함께 곰삭아간다

술 빚는 손은 금방이라도 터질 것처럼

두툼하고 투실투실하지만

몇십 년 빚어온 술의 역사를 대변하듯

걸쭉한 막걸리 한 사발은

잊을 만하면 요동치는 파도처럼

가슴 시원하게 한다

푸릇푸릇한 배추전이나 숭숭 썬 감자전 한 접시면

안주로 제격인 막걸리엔 또 한 가지,

파도소리 그득그득 담아내는 비법이 있다

노도 가는 길, 기약 없게 하는

먼나무

먼나무를 본 적 있나요
그때부터지 싶네요
바닷가에 살고 싶은 맘,
언제나 바다만 보면 설레는 맘

바다로 난 길가,
그리움에 사무치다가 탱탱 곪아 곧 터질 것만 같은
열매 주렁주렁 달린 먼나무가 있는 길
단 한번이라도 걸어본 적 있나요

바다에 나간 남편 기다리며
빈 집 지키는 아내처럼
무시로 들락거리는 파도에게
하소연해 보고도 싶은
남쪽 바닷가엔 먼나무 길이 있지요

수평선에 깃들어 자는 저녁해처럼
늘 고즈넉한 풍경 가지런한 바닷가, 먼나무 길

걷노라면 먼나무 깊디깊은 한숨소리

못다 쏟은 울분 섞여 들려올 테지요

3

적적할 거란 말

가족사진

식구래야 달랑 부부밖에 없는

가족사진을 본다

액자 속 여자는 남자 옆으로 살짝 기울었고

남자는 뻣뻣하리만치 꼿꼿하다

사진을 먼저 찍자고 여자가 설레발쳤을 게 분명하다

남자 얼굴에서

허전하거나 좀더 오래 보고 있자면

쓸쓸함이 묻어난다

물려 줄 미래가 없는 허무함이거나

무의미함을 이미 깨달은 듯한,

분꽃

오후 네 시의 그녀*는
처녀 적 엄마 같기도 하고
엄마 적 외할머니 같기도 하지

수줍은 듯 낯선 듯
저물 무렵에만 얼굴 내미는
풀무치처럼 보일 듯 말 듯
지나치게 소심한 몸짓으로 다가오곤 하지

하지만
분꽃의 역할은 참 가지가지
고운 듯 수수하고
귀한 듯 소박하지

풀더미 속 은근한 눈빛에 반해
슬그머니 손길 디밀어보니
어느 자리에서나 수더분한 얼굴 하나
거기 있었네

볼 적마다 가슴 한 쪽

먹먹하게 하는 母性의 삶!

* 영어로 분꽃을 오후 네 시쯤 핀다고 하여 '포어클락'(four-o'clock) 혹은 '애프터눈레
  이디'(afternoon lady) 라고 부른다

적적할 거란 말

그만 돌아가실 때 됐다고,
이젠 돌아가셔야 된다고,
집 떠난 자식들 모여서
쑥덕공론하는 것으로 보였나,
찬물에 기름 돌듯
자식들 주변만 빙빙 돈다

고마, 마이 살았다, 구십 평생 살았으면.
빚이라도 진 듯 매우 민망스레
입 안 가득 넣고 우물우물 삼키는
새빨간 거짓말

엄마 없는 집이라면
서까래 내려앉은 폐가처럼,
늘 비어 있는 구석방처럼,
적적할 거란 말도 새빨간 거짓말

혼자 꽃

산으로 들로 공원으로 몰려드는 사람들,

구름 떼 같다

연일 꽃축제에 대한 소식을 빼놓지 않는 봄날,

군락보다 혼자 핀 꽃이 좋을 때도 있다 집에 앉아

한 떨기 모란을 본다

한 포기 풀꽃, 한 그루 꽃나무는 독립적이어서 좋다

너른 공원에 물감 쏟아부은 듯 형형색색

어느 한 송이 돋나보이지 않는 튤립군락지

사이사이 꽃인 양 파묻혀 사진 속 모델이 되는 여자들,

철쭉제니 진달래 축제니 온 산 헤집고 다니면서

허허로움을 꽃을 통해 대리만족하려는 몸짓으로 보인다

꽃잎마다 새겨진 꽃벌의 활주로를

앞다투어 탐닉하는 사람들의 이기심으로

수분이 힘든 꽃들은 길게 목 내밀고 허기져 있다

호젓한 산길에서 만난 한 그루 꽃나무,

한 포기 풀꽃이 훨씬 아름다운 건

원할 때 원한 만큼

다가오게끔, 다가가게끔 해 주기 때문이다

혼자인 것은 외로움도 혼자 견뎌낼 수 있다는 것,

그 자유로움이 좋기 때문이다

검은 풍경

검은 잎들,

먹장구름처럼 하늘을 덮고 있다

가로수 길은

성큼성큼 검은 손 내미는 잎들 때문에

괴기영화를 보는 것 같다

댐 건설을 반대하는 주민들의 현수막도

반은 떨어져서 도로 안쪽까지 침범했고

반은 갓길 난간에 붙은 채

깃발처럼 펄럭펄럭 나부낀다

도대체, 거슬려서 달릴 수가 없다고

운전석에 앉은 그가 내뱉는다

고랑에 씌워 놓은 검은 비닐이며

온갖 허접쓰레기들이 잎처럼 가로수가지에 걸려

거대한 포식자로 변해 새싹들의 성장을 먹어치운다

폭풍전야보다 더 음산한 광경이 곳곳에 난무하는 농촌에는

쉽게 포기해야만 고난을 견딜 수 있단 걸 터득한

사람들, 신생의 봄을 기다린다

해탈

자식이 없는 그들에게

파도는 자식과도 같았다

어김없이 집 앞을 서성이다 가곤 하는 파도와

바닷가 오막살이에서 부부는 알콩달콩 살고 싶었지만

파도는 늘 잡힐 듯 잡히지 않았다

지독하리만치 처연한 눈빛을 띠고

하염없이, 평생을, 그렇게만 했다

슬그머니 바닷가에 발 내딛는 순간

쏜살같이 달려와서

말릴 새도 없이 철썩 뛰어올라 온몸 덮치고선

흰거품 같은 옷자락 풀어헤치고 잡힐 듯 잡히지 않는

손 흔들며 바다의 깊은 속으로 숨어버리는

파도는 부부에게 각자의 애인과도 같았다

첫날 밤 신방에 든 신랑보다 더 강렬한 몸짓으로

암캐의 몸을 탐닉하듯 아내를 건드리고

발정난 암고양이처럼 살금살금 다가와서

남편의 가슴을 흥건히 적셔 주곤 하얗게 부서져도

또 다른 몸으로 일어나는 파도

그 속내를 알 길 없지만

저만치 몽돌밭 서성이는 파도를 본 순간

부부는 서로에게 지웠던 짐을

하나씩 하나씩 내려 주기로 했다

파도가 자식이자 애인인 그들은

파도의 손을 잡고 춤을 추듯 너풀너풀

바닷가 오막살이에서

삶을 내려 놓자고 다짐하곤

오늘밖에

기회가 없다면 어떡하지?
나긋나긋한 상담원은
맘 약하면 넘어갈 수도 있을,
나전달법의 말투로
오늘밖에 기회가 없음을 강조한다
한껏 달아오른 목젖이 저 너머서 깔딱댄다
상담원의 갈증이 가슴 깊이 전달된다
침을 꿀꺽, 삼키고 끊으려다가
어떤 힘에 끌리듯,
밀당하는 연인처럼,
생각 좀 해 보겠다고 튕겨본다
맘을 눈치 챈 걸까,
마지막 선택만이 남은 오늘이 가면
또다른 오늘로 다가올 내일처럼
오늘밖에 없다는 건 무척 서글픈 일이다
오늘만 날인가? 맘을 놓다가도
은근히 조급해진다
창 밖에 만발한 꽃들도

오늘밖에 없어서

너무나 애틋한 봄날!

낙인

호로자식*이란 말을 곧잘 들으면서 자랐다
조실부한 나에게 중학교 한문 선생님이
친절하게도 붙여 준 이름이다
똑같이 잘못해도
아비 없는 난 호로자식이 돼야 했다
— 모범생이 돼야 한다, 호로자식 소리 안 들으려면!
나만 보면 친절하게 콕 찍어서 일러 주던
그 선생님은 지금 저세상 사람이겠지만
살아 있대도 원망스럽진 않다
그 순간은 피지 못하고 지는 꽃처럼
살아 있음이 참 몸 둘 바 모르게 수치스러웠는데
어쩌면 그런 가르침이
감정의 양면을 일깨워 주었기에
출근길, 한 트럭의 돼지를 보면서
괜스레 화딱지가 난 게 아닌가 싶다
꿀꿀, 꽥꽥거리며
정말 돼지 멱따는 소릴 내는 놈들,
허연 등짝에는

곧 죽을 놈이란 낙인이 식육점 홍등처럼 찍혀 있다

그들은 안다 죽으러 가는 길임을,

나도 안다 내가 호로자식이었음을,

동물의 본능은 이렇게

스스로 숙명임을 받아들여야 할 시간에서야 깨닫곤 한다지

거룩한 이름표 하나 등짝에 붙이고 가는 돼지들처럼

* 호로자식: 후레자식의 지방사투리

녹슨 맘

방치된 못이 있다

녹물이 흙먼지에 절은 땀처럼 흘러내려

너덜너덜해진 가슴팍 같다

일 년 가까이 사는 동안

전혀 눈치채지 못 했다

우울한 者는 딱 그만큼의 맘으로 사물을 대한다는데

여태껏 관심도 없던 저 녹슨 못의

존재가치에 대한 궁금증이 생겨난 탓은

갑자기 찾아온 적적함 때문일까

내 키보다 더 높이 박혀서

손이 닿을 듯 말 듯

줄을 내려 목이나 매달면 적당한 높이에서

자신의 필요성을 토로하듯 녹물 뿜어내고 있다

태어났다고 다 삶이 아니지

삶이라면 제 감당할 만큼의 무게는 주어질 텐데

저 못의 生은 참으로 허망하다

세상만사 다 귀찮아진 녹슨 맘이라도 걸어 줄까

이미 다 썩어문드러진 맘은

새의 깃털만큼이나 가벼울 테니

습지

습지의 이른 아침엔
누구도 모르는
무수한 은밀함이 깃들어 있다
아는 척 손 내밀면 일몰처럼
깊숙한 데로 숨어버리는

습지의 이른 아침엔
뾰족구두가 잠기고
다리가 잠기고 엉덩이가,
젖은 쉬폰브라우스에 붙은 젖무덤이,
갓 잡힌 물고기들이 어망 안으로
요동치며 빠져들 듯 점점 잠겨들게 하는
자욱한 안개 있다

거대한 미로가 물풀로 수석거리는
습지는 음산한 침묵에
빠져 들기 일쑤인 풍경들이 있다

안개 걷히자,

갓 피어난 가시연꽃의 아침이

현장을 덮기 전까지

습지의 손들은

안개로 너울대기부터 하여

온갖 궁금증을 불러모은다 그제서야

늦은 제 모습을 찾아간다

환한 그늘

아파트 앞마당에 꽃나무 한 그루,
붉은 빛 도는 꽃 필 때면
굳이 살구꽃이라 부르는 한 여자 있다

해마다 한 차례
멋도 모르는 관리소 직원이
무성의하게 옆가지 잘라버리곤 해서
제 살 도려낸 듯 아파하다가
춘삼월 꽃잎 흐드러질 때면
살구꽃인 양 환해지는 그녀

꽃그늘 어룽진 나무 아래
소복소복 내려앉은 꽃향기 불러모아
한바탕 정분이라도 난 듯
은근슬쩍 그늘 차지할 때면
그 꽃잎들,
봄바람과 어울려 난분분하고

한갓지게 놀아봤으니

꽃 이름 다르면 어떠랴

이래저래 봄날이면 그만인 것을

그리움이라는 감정

환한 봄 즐기려고
멋모르고 다닥다닥 붙여 심은 매화나무들
얼마 못 가서
뿌리끼리 생채기낼 줄이야,
무심코 받은 상처처럼 아리다

집 나간 고양이처럼 슬금슬금 찾아드는
삶의 욕망보다 더 강한 집착 같은 감정들

은근슬쩍 몸 감추고
나무마다 흐드러지는 꽃송이들,
발그레 분 바른 꽃잎들 난분분 흩날린 뒤
꽃 진 자리마다 주렁주렁 영글어가는 건
아프지만 야릇한 그리움이다

막무가내 봄

강아지 한 마리
찍어놓은 발자국마다
꽃물도장 찍혀 있다
어디서 저리 다쳤냐고 동동 구르는
주인 속 아는지 모르는지
마당 가득 핏빛 물들였다
봄은, 어디든 빌붙어 수작부리는 건달처럼
강아지 발바닥에 붙어
아프게 무르익고 있었나 보다
봄이 다 가도록
가슴 한켠 왜 그리 갑갑했는지
강아지 발밑에 찍힌
흥건한 꽃물도장 보니 알겠다
저렇게 막무가내 와서
휘젓고 가버리다니

겨울, 애월

그리웠다, 애월!

북풍한설에 널 보고 섰자니

할 말이 너무 많아

할 말 잃었다

죽음의 행렬처럼

하얀 옷자락 끌고와서

거세게 밀어내도

늘 한 방향으로만 향해 있는

맘 하나 어쩌지 못하는구나

행간 정리된 시처럼

구태의연하지 않게,

애월! 하고 불러보련다

애끓어 보련다

내면아이*

활짝 핀 들菊처럼,

호수에서 뿜어내는 거대한 분수저럼,

훨훨 날갯짓하는 어린 공작처럼,

내지르는 소리도

노는 모습도 제각각이지만

한데 어우러져 노는 아이들,

마냥 부러운 내면아이는 여섯 살이다

맘껏 소리치고 싶은데

생선 가시가 되어 언제나 목젖에서 턱턱 걸려버리는,

아지랑이처럼 아른대다가 쓰러질 것 같은,

언제나 바다 한가운데 있고

생각만으로도 아찔한 공포에 떨던 아이는

어느덧, 파도의 몸 가르며

더 깊은 바다로 나아가는

성년의, 나를, 잡고 있다

* 내면 아이란 우리의 인격 중에서 가장 약하고 상처받기 쉬운 부분으로, 감정을 우선
  시 하는 '직감적인' 본능을 말한다. 어떤 사람이든 어른의 자아와 아이의 자아를 모
  두 가지고 있다고 한다.

자명경

공도라니 백발이요

면치 못할 건 죽음이라

말 잘하는 소진 장의도

육국 제왕 다 달랬으나

염라대왕은 못 달래어*

죽음을 맞았다는 가사처럼

죽음 앞에 장사 없어

가는 죽음 잡지 못하고

오는 죽음 막지 못하니

저 위에선 무슨 죄명으로

염라대왕 앞에 세울지 참으로

궁금궁금하다네

* 우리 민요 창부타령의 몇 소절

억새밭에서 그는

최정산 억새밭 오른다
억새를 보는
그의 몸에서 서걱서걱 소리가 난다
억새는 그의 몸인 양 건들건들대고

네발나비처럼 가뿐 날아서
어깨 간질이는 바람결 하나에도
맘이 텅 빈 것 같은 가을날

올라도 올라도 하늘은 높기만 한데
가을이어서 그렇다고 무덤덤하게 내뱉는 몸짓에
억새향이 물씬 배어 있다
저만치 억새밭에 뒤섞였는
가을 빛 한 자락 호젓해서 더 애절한데
억새가 되고픈지
억새밭에서 도무지 나올 생각 않는 그는,

4

유배의 길

증거

늙어간다는 건 죽어간다는 것
사랑하지도 않으면서 갈망하는 것은
늙어간다는 것이다 사랑하지도 않으면서
갈망한다는 것은 외롭기 때문이라지만
기실, 늙어가고 있다는 증거이다
늙어간다는 건 마지막을 건 승부보다
처음을 그리워하는 것!
한때 첫사랑이 연인이었던 그는,
뒤늦게 다시, 첫사랑을 떠올리기도 하고
서로를 위로해 주기보다
다른 데서 가끔씩 위안을 찾기도 한다
이미, 낡아서 아무짝에도 쓸모없는 연장 하나로
집을 짓겠다고 허둥대는 목수처럼
늙음은 파렴치한처럼 그렇게
여기저기 들쑤시고 다닌다
괜히 그래 본다
처음처럼 느껴지는 건
마지막을 부정하는 탐욕 때문이다

꿈꾸는 숲

키가 사십 미터도 넘는
메타세콰이어 숲으로 들어갔다네
숲은 거대한 포식동물처럼
누구든 들어오길 기다리다가
조금씩 길을 내 주더군
멀대처럼 키만 크니 매력 없다고
내뱉는 순간 휘청 현기증이 일어서
그 큰 입으로 빨려들어갈 뻔했지
아침햇살이 켜켜이 파고들어올 때마다
빈틈없이 막아내곤
어둔 길로만 이끄는 숲이 고래 뱃속 같았어
무섭기보다는 자꾸만 더 깊이 빠져들게 했어
그 숲에는 나를 벼르는 누군가 있었나 봐
그만 울음이 용솟음치듯 솟구쳐 올라왔으니까,
어둠은 슬픔과 동질이란 걸
어두워서 슬픈 적이 한두 번이 아니었다는 걸
깨달아가게 하는 중이었으니까
어두워서 좋을 때도 있지만

어둠은 이유 모를 슬픔을 몰고와

심연의 늪 같은 데로 맘을 끌고 간다네

무덤 속도 환했으면 좋겠다는 생각,

메타세콰이어 어둔 숲에서 한줄기 빛처럼

떠올려보았다네

말

서럽거나 서운하거나 억울함은

객관적인 판단에서 오는 것이지

누구 때문도 아니라고 정신과의사는 꼬집듯

말해 준다

말이 상처가 된 적이 어디 한두 번이던가,

그럼에도 오늘따라 라는 생각이 드는 건

감정이 날 건드린 탓이라고 말하곤 한다

마음먹기 따라 나쁜 말도 아무렇지도 않다는 건

불가사이하고 모순된 논리이다

도덕이니 윤리니 뭐

이런 양심 같은 감정 따위에 힘이 조금 더 실렸을 뿐,

위로의 말을 듣고자 누군가에게 전화를 걸었다가

호되게 핀잔만 들었을 때

누군가는 말한다 다 널 위해서라고

어떤 감정이 들어간 걸까,

질투? 분노? 욕망? 애연?

파리 떼처럼 온갖 감정 섞인 말들이

웽웽거리며 달려들 때

난 그 말들에게 먹히고 싶다

함께

산길 돌아나오는데
차 앞유리창에 보일 듯 말 듯
여치 한 마리 붙어 있다
관음의 화신인 양 버젓이 자리잡고
천수경이라도 읊으려나
찌르찌르 울어댄다
절간에서부터 따라붙은 것 같은데
쌩쌩 달려도 미동없이
집까지 함께 오고야 말았다
무심하게 하루를 보내고 나니
문득 궁금해지네?
어디로 갔는지 뵈지 않는다 잠시,
걱정되다가 잊어버렸다
우리가 함께 했다는 사실을,
살다보니 자꾸만 잊혀진다
함께 한다는 것!

괜찮다

나이가 들면 눈은 어두워져도
맘은 환해지는 것 같다
개수대에서 쌀을 씻는데
어둡지 않냐고, 불을 켜지 그러냐고,
누군가 물을 때
난 환하니까 괜찮다고 한다
정말로 하나도 어둡지 않다고,
쌀바가지에 희멀건 쌀뜨물까지
환히 보이는 걸?
어둡거나 밝음은 미세한 차이일 뿐
어두워서 보이지 않고
밝다고 다 잘 보이는 건 아니다
자꾸만 어둠을 즐기면 없는 것 같다고
또 걱정스레 누군가 말할 때
맘이 환해서 괜찮다고, 괜찮다고,
우린 결국 어둠을 찾아가는 길이라고
어물쩍 넘기기도 한다

2월, 노도

– 노도 일지

용암로가 분출하듯
한순간에 변해버린 파도의 몸짓
하늘로 치솟을 때마다
깊은 섬 안 붉은 동백
하나둘 몸을 푼다

빈 대기실에서 선장에게 전화를 건다
풍랑이 세서… 배 띄우기가, 곤란하다는
선장의 목소리가 파도에 묻혀
수화기 속에서 가물가물 사라지고
바다 저편 섬 하나 웅숭깊다

섬 안 깊숙이 산통을 겪는 동백숲 하나
시야를 흔들어놓는 파도 탓에 무척 멀어 보인다
섬은 바다 한가운데 둥둥 떠 있는
거대한 선박처럼 고요하다
바다는 긴 탯줄을 끌고 가듯 파도 한자락을

섬 앞에 부려놓고는

이쪽으로 또다른 파도를 데려온다

노도의 동백, 아직

채 눈 뜨지 않았음을 알려라도 주듯

개

저놈도 한 십 년 우리랑 살더니
저가 내 말을 알아듣는 건지
내가 저 말을 알아듣는 건지
눈빛만 봐도 알 거 같고 아는 거 같다
서로의 맘 헤아리기까지 몇 년이나 걸렸을까
서로에게 애절함이나 애틋함보다
먼저 계산부터 해 보는 듯한
말투나 몸짓을 느끼는 인간관계와는 달리, 개는
첫 만남 첫 감정부터 끝없는
충성심을 보여 준다
저 무조건적인 사랑 앞에
사랑해! 라는 말 같은 건 하지 않아도
옆구리가 허전하지 않아서 좋다

매화 흐드러지자

그녀가 변했다

평생을 큰소리 안 내고 살았는데

갑자기 큰소리친다

제발 큰소리 좀 치고 살랄 때는

수줍은 소녀처럼 쑥스러워 하더니

올봄

담울에 매화 흐드러지자

대뜸 신경질부린다

자식 걱정에 자리 마를 날 없더니

갑작스레 아기처럼 변한 건

꽃놀이 가자는 뜻인데

아무도 몰라 준다

늙을수록 궁금한 게 많지만

기억하지 못하는 게 더 많아 새로운지

그저 눈에 뵈는 대로 행동한다

구십다섯의 봄은

첫사랑처럼 설레는 봄이다

소싯적엔

장독대에서 장을 담그는데
창문 너머로 넌지시 내다보는 눈길 하나
– 나는 인제 암 꺼도 못 한다
말하던 때도 십수 년이 지난 거 같은데
그녀가 잘하는 건 뭐였을까
문득 궁금해진다
구순 지난 지도 한참
저 방 안에서 두 손 두 발 접고
무덤처럼 오도마니 앉아
무슨 생각을 할까
누구 하나 그녀도 잘나가던 시절 있었음을
알아 주지 않는다
몸도 맘도 뜻대로 안 될 때
한때 잘나가던 시절 있었노라고
입버릇처럼 하던 말,
소싯적엔 예쁘다 소리 십상 들었다는 그 말,
믿기로 했다

서포를 읽다

– 노도 일지

봄바다는 거친 모래사막 같은

파도를 끊임없이 불러모은다

파도 앞에 서면

질곡의 삶을 되돌아보게 된다

바다를 앞에 두고 사는 사람의 맘은

얼마나 척박할까

하루에 한 차례,

많으면 위험을 감수하고 두 차례,

뱃길이 열리고

검푸른 파도와 마주하는 일상은 적막하기 짝이 없다

이쪽에서 보는 섬, 섬에서 보는 이쪽,

단절된 그리움이 더 사무치는 법!

그들은 서로 마주보며 하루를 궁금해 한다

풍랑에 사로잡힌 유배의 길,

무척 서러웠겠다 싶다가

봄동백 꽃망울 터뜨리면

온갖 시름 눈 녹듯 사라졌겠다 싶은

노도에서 서포를 읽는다

옛날 사진

플라타너스나무에 기대어

한껏 뽐내며 찍은 사진 속 오십대 여인,

매화인지 복사꽃인지 모를 꽃무늬원피스 입은 그녀,

주름잡힌 쉬폰원피스치맛자락 바람에 나부끼고

사십 년은 지나뵈는 사진은 빛 바랬어도

추억은 고스란히 남아서 눈빛 아련하다

월남전서 돌아올 때 큰아들이 사온

니콘카메라에 찍혔다던 사진 속 그녀는

사진 찍는 아들은 보지 않고 먼산바라기한다

쉰에 남편 앞세우고 짐작컨대,

참 고생스런 일상을 잠시, 잊고자 나선 나들일 테지

꼬물거리는 자식들 걱정에 멀리도 못 가고

동네 안팎 서성이다가

고작 저 사진 한 장 찍고 돌아왔을 테지

힘들 때마다 자갈강변에 퍼질러앉아

자갈무덤 파면서 울었다던 그녀,

사진 속 그녀,

홀홀단신 온몸이 외로움이다

혼자라는 것

혼자 되니 외로움이 뭔지 알겠다고 말한다

외로움에 대해 생각해 본 적이 없다고 말한다

외로울 여가가 없이 살아왔다고 말한다

옆에 있어도 외롭다고 말한다

문득 외롭다고 말한다

온몸이 바람 든 것처럼 외롭다고 말한다

습관처럼 외롭다는 말을 되뇌이며 산다고 말한다

아무리 가까이 있어도

간절히 찾지 않으면 외롭고

외로움이 깊으면 그립고 아프고

불면으로 이어진다고 말한다

외로움은 슬픔이라고 말한다

섬유근통이란 病

참 모질다

살아온 세월만큼

야문 목련나무의 나이테처럼

고통이라는 통증들,

몸 구석구석 꼭꼭 숨었다가

우울과 불안이 찾아올 때

때마침 비 내리고 어둠살이 내릴 때

유리창에 갇힌 하늘과 바다를 볼 때

가슴이 답답해지면서

한꺼번에 와르르 쏟아져 나온다

정신 차릴 틈도 주지 않고

여기저기 들쑤시고 다닌다

날강도처럼 온몸을 탈탈 털고서야 떠난다

꽃 진 자리만 봐도 살갗이 아리고

뼛골이 시린 병이다

추억한다는 것

유고시집 출판기념회에 갔다

후원회 및 여러 선후배 동료들이

그의 유고시집 출간을 축하해 주기 위해 모여들었다

회고하고 추억하고 그가 영혼이나마 다녀가길 바라면서

남은 자들은 잔치를 벌였다

어쩌면 그건 핑계였고 다들 자신을 피력하기에

바쁜 것 같았다

누군가를 추억한다는 건

남아 있음에 대한 맘을 더는 일인 것

누구나 잊혀질 권리가 있다 했는데

망자의 의견도 없이 책이 만들어지고

그도 좋아할 거라 믿고

그렇게 하루를 꺼내 보다가

다시 잊혀지고 말 사진 같은 것!

죽은 자는 말이 없고

그들 역시 유고 중이란 걸 모른 채

유고시집이라는

한 편의 퍼포먼스를 벌인다

고양이

햇살보다 강렬한 어둠 속에서

미친 고양이 한 마리

낮이 밤인 줄 동공 열고 날뛴다

밖에 나갔다가 머리를 다쳐서 온 뒤로

탁자 둘레를 빙빙 돌기만 한다

전진할 줄 모르는 자폐아처럼 끊임없이

앙칼진 울음 내지르며

뇌를 다친 사람이 방향감각 잃고

했던 말 되풀이하듯 고양이는

먹을 자리 간신히 찾아가서 먹고

쌀 자리 겨우 찾아가서 싸고

또 비틀비틀 맴돌다가 지치면

죽은 듯 십여 분 쓰러졌다가 다시 빙빙 돈다

그만 암막커튼을 걷어버릴까 싶다가도

서로 어색할까 봐 그대로 둔 지 며칠,

어둠에 익숙해지자

고양이는 마지막 울음 뱉어 낸다

실내는 음습한 어둠으로 축축하다

마당에서 옥수수 익는 냄새가

창문 틈으로 무럭무럭 들어온다

우울을 몰고 온 고양이 한 마리 때문에

밖으로 나가는 게 두려워진다

창 쪽으로 비틀비틀 나아가더니 다시

돌아온 고양이, 한참을 빙빙 돌다가 잠잠하다

불길한 침묵이 오히려 편안해질 무렵

암막커튼 틈으로 가느다란 햇살이

어둠에 밀려 흩어지는 게 보인다

깊은 잠이 찾아온다

고양이를 업고 강을 건너는 꿈을 꾼다

다른 세계를 향해 나아가려는데

누군가 깨운다

암막커튼을 걷을 때가 왔나보다

해가 드는 창가에서 고양이와 해를 안은 채

잘 익은 옥수수를 먹고 싶어진다

먹을 수 있을까, 먹었으면 좋겠다

박씨 行狀

본처가 죽고 들어왔으니

재취자리라고 절대 첩은 아니라고

그건 맞는 말이지만

첫째부인 남매 낳고 죽어

총각인 줄 알고 처녀 시집 왔더니

한 달 뒤 숨겨놓은 남매가

뻥튀기처럼 뻥! 튀어나오더란 말

참 기가 막히고

대명천지가 개벽할 일이라네

꼬물거리는 전처소생 버릴 수 없어

몸 고생 맘 고생

자궁 빌 날 없이 칠 남매나 더 쏟아냈으니

그 팔자 지지리도 궁상일세

내일모레 백수 바라보는 지금,

모진 세월 말로 다 못한다고

죽어서도 영감 옆에 안 묻히겠다는데

자식들, 그러거나 말거나

낯내려는지 합장하겠다며 묫자리 잘 잡아놨는데

제삿날 영감 밥그릇 보자마자

벽력같이 내지른 한마디

– 내 밥그릇 저 옆에 놓지 마라!

몸이 무덤이고 싶대

봄이 오려나봐

온몸에 푸릇푸릇 새싹이 돋으려고 하네

머리 여기저기로 전자파들이 관통하듯

찌릿찌릿 아파오네

독오른 새싹들이 마구마구 찔러대는 소리 들리네

봄이 오려고 그런가요?

자꾸만 온 몸에 풀이 돋아나는 꿈을 꿔요

병원에선 뭐래?

봄 타나 봐요? 하고는 약을 처방해 주던데?

온종일 몽롱해서 비틀걸음 걷거나

비몽사몽 봄이 오는지 가는지도 모르겠네

죽는 거나 뭐가 달라

온 몸을 띠풀이 휘감고 있는 것 같아

자꾸만 몸이 무덤이고 싶대 고요한 무덤

파리인간처럼 몸 구석구석 풀들이 자라나서

다시 인간으로 돌아갈 순 없을 것 같은 무덤

봄이 터질 것 같대

독백

– 제가 할 짓이 뭐 있겠는가요 끼가 넘쳐 제비를 키우겠는가요
연애는 귀찮아서 더 싫고요 사기도 못 치지요. 주일마다 교회갈
일도 없죠. 절에는 가뭄에 콩 나듯이 한 번, 돈이 많아서 부동산
사업을 하겠는가요. 사교춤도 못 추니 콜라텍 한번 못 가봤네요
그렇다고 잠을 잘 자서 낮이나 밤이나 뒹굴뒹굴 잘 수도 없죠 주
구장창 일구월심 제 무덤 파듯 시나 파고 사는 거라요

연민과 화해의 밝은 꽃

이하석

시인

1

황명자가 세 번 째 시집 『자줏빛 얼굴 한 쪽』을 낸지 4년 만에 네 번 째 시집을 낸다. 지난 시집에서 그녀가 시의 가치에 대한 관심을 표명했던 걸 기억한다. 시집을 주면 커피를 제공하는 한 카페의 이야기와 시비(詩碑)에 대한 시비(是非)가 그것이다. 시가 관심 밖에 버려진 시대에서 시집의 가치를 한 잔의 커피로나마 보상해주는 것에 흥감해하는 것과 돌에 새긴 온갖 시비들로 숲을 이룬 한 곳을 두고 빈정대는 것은 그녀가 시를 무슨 큰 정신적 보상이나 기념비적인 것으로 이해하는 게 아니라, 일상의 빛나는 정서로 인식되어져야 한다고 여길 뿐만 아니라, 세속적인 이해가 개입될 수 없는 절대성의 세계로 인식하고 있음을 표명한 것이라 할 수 있다. 대체로 우리가 시에 대해 가지는 당연한 인식이지만, 기실 그런 생각을, 이 세속적 욕망이 넘치는 세상에서, 한결같이 유지하기란 쉽지 않다. 어쨌든 그녀는 그런 당연성에 한사코 기대려는 것이다. 그런 인식은 이번 시집에서도 변함없이 개진되는 듯하다.

제가 할 짓이 뭐 있겠는가요 끼가 넘쳐 제비를 키우겠는가요 연애는 귀찮아서 더 싫고요 사기도 못 치지요 주일마다 교회 갈 일도 없죠 절에는 가뭄에 콩 나듯이 한 번 돈이 많아서 부동산 사업을 하겠는가요 사교춤도 못 추니 콜라텍 한번 못 가봤네요 그렇다고 잠을 잘 자서 낮이나 밤이나 뒹굴뒹굴 잘 수도 없죠 주구장창 일구월심 제 무덤 파듯 시나 파고 사는 거라요

　－「독백」 전문

시집의 맨 뒤에 붙여놓은 시다. 시를 쓰는 이유를 딱히 밝히고 싶었던 모양이다.

자신이 천상 시인임을 강조하느라 한 참 딴말을 늘어놓는다. 끼도 없고, 연애는 귀찮고, 사기도 못 치며, 돈도 많지 않고, 춤도 못 추는 데다 불면증까지 심하니, 할 수 없이 '제 무덤 파듯' 시나 파고 산다는 게다. 그러니까 시를 쓰는 일이 아무 것도 할 수 없어서 하는 '제 무덤 파는 일'이라는 게다. 정말 그럴까? 그녀의 시집 속의 시들을 짚어보며 이 시를 한참 들여다보면, 결국 자신의 시는 끼의 표현이며, 연애의 언사이고, 보다 교묘한 사기 짓

이기도 하면서, 춤추는 일의 간접적인 표현임을 역설적으로 드러내고 있음을 짐작하겠다. 그렇다면 아무 것도 할 수 없기 때문에 시를 쓴다는 건, 반대로 시로써 그 모든 걸 할 수밖에 없음을 에둘러서 강조하는 것이라 볼 수 있겠다.

　지금까지 그녀가 보여준 시들은 자연을 통한 생의 각성과 더불어 친지와 이웃에 대한 애틋한 정서들이 큰 비중을 차지해왔다. 그러한 정서를 떠받치는 게 자아에 대한 정직한 인식과 소박하지만 절실한 삶에 대한 애착이리라. 시가 '제 무덤을 파는 일'이라는 인식은 자신에 대한 근본적인 성찰에서 나온 것이다. 자신에 대한 성찰은 자신을 둘러싼 현실을 더 애틋하게 둘러보게 만든다. 그 연민의 시선이 있기에 이웃의 삶에 대한 공감력이 높아지고 남의 고통을 나의 것으로 끌어안을 수 있게 된다.

2

　'제 무덤을 파는 일'로, 시 쓰기가 자신만의 고독한 작업임을 확인하면서, 일상적인 잡답으로부터, 또는 세속적인 욕망들로부터 벗어난, 외롭기 짝이 없는, 무위의 작업임을 강조하고 있는 연유로 해서인지는 몰라도 그녀의 시집에서는 외로움과 가난의 냄새가 물씬 풍긴다. 외로움과 가난을 시인의 근원적 환경이며, 숙명적으로 수용해야 할 덕목으로 여기는 듯도 하다.

　　호젓한 산길에서 만난 한 그루 꽃나무,

한 포기 풀꽃이 훨씬 아름다운 건

원할 때 원한 만큼

다가오게끔, 다가가게끔 해 주기 때문이다

혼자인 것은 외로움도 혼자 견뎌낼 수 있다는 것,

그 자유로움이 좋기 때문이다

　－「혼자 꽃」부분

저녁 일곱 시만 되면

밤의 증후군에 끊임없이 시달리는 것도

따지고 보면 스스로에게 시간을 너무 허용해 준 탓이다

이 시간이면

더없는 고즈넉함에 세상은 눈물로 젖는다

밖을 활보하고픈 개의 애절한 눈빛과 달리,

밝지도 저물지도 않은

우울의 시간이며

묵어의 속처럼 허한 기다림의 시간이다

　－「저녁 일곱 시」부분

　「혼자 꽃」에서 외로움의 수용이 적극적으로 이루어지는 게
이채롭다. 어디에도 구속되지 않는 그 자유로움의 인식 때문에
외로움이 퍽 긍정적으로 드러나기도 한다. 꽃이라는 절대적인
세계는 언제나 혼자서 피며, 내가 그것에 다가가는 것 역시 혼자

일 수밖에 없다. 혼자라는 건 외로운 일이기도 하지만, 독립적이고, 주체적이며 자유롭다는 뜻이기도 하다. 긍정적으로 여기면 그러하다는 말이다. 그런 점에서 꽃과 나의 만남은 기꺼이 서로를 연 채로 다가가는, 역설적으로 자유로운 소통이라 여기는 것이다. 「저녁 일곱 시」에서 자신이 기르는 개의 시각을 통해 드러내 보이는 외로움 역시 아주 부정적이지는 않다. 시간에 따라 생성하고 변화하는 과정을 어쩔 수 없이 받아들여야 하는 일상 속의 비애와 고통이 늘 자신을 괴롭히지만, 그러한 과정을 거치면서도 좌절하지 않고 자신의 삶을 긍정적으로 바꾸려는 노력을 부단히 하기 때문이다. 자신이 처한 외로움을 보다 긍정적인 인식으로 바꾸어내는 건 홀로라는 자신의 처지를 철저히 자각하면서도 함께 살아가는 이웃들과의 공감의 끈을 놓지 않음으로써 이를 새로운 삶의 동력으로 바꾸어내는 낙관의 힘 때문에 가능해진다. 그러한 낙관과 전환의 욕구야말로 그녀가 시를 쓰는 데 큰 힘이 되는 듯하다.

3

아울러 황명자의 시는 자신의 몸을 통한 자각을 크게 의미 짓고 있는 듯하다. 그 자각을 통해 자신의 아픈 상처를 성찰하면서 다독이고 남의 아픔에 공감하는, 화해와 연민의 세계를 피워낸다.

아버지 내 몸 들락거리시네

몸 하나 차지하려는 악다구니에

삭신이 와글와글 분주하다네

저승에 못 가셨나, 아버지

이승의 몸에 자꾸 붙으려 하시네

늦여름 홍살문 앞뜰에 핀 상사화처럼

몸 따로 맘 따로 허허로운 맘

어찌 알고 찾아와선

꿈을 빌미로 딸 몸 탐하시려나,

몸 구석구석 기웃거리다가,

하룻밤에 몇 차례 들락날락하시다가,

밤새 그러시다가

손 흔들며 영영 돌아가신다 하네

오색찬란한 들판 지나

안개 자욱한 수평선 가로질러

저승문 들어가시네

신열로 들끓던 몸이

둥둥 날아갈 듯 가벼워지는 아침이네

　－「기웃거리는 아버지」 전문

　이른바 '객귀 물림'의 한 모습이다. 객귀는 잡귀의 하나다. 자
살·타살·익사·교통사고사 등 불행하게 죽은 귀신은 이승을 완

전히 떠나지 못하고 '손(客)'처럼 떠돌아다닌다 하여 객귀라고 한다. 객귀는 일정한 정처가 없기 때문에 마을이나 거리를 방황하다가 사람들이 약해진 틈을 엿보아 침입한다. 인체 안으로 침입하면 병이 난다. 갑자기 오한이 나며 입맛이 없다. 흔히 '객귀 들렸다'고 하는 상태다. 이를 치료하기 위하여 '객귀물림'이나 '푸닥거리'를 하는데, 주로 귀신이 두려워하고 싫어하는 주술을 통해서 몰아낸다.

　그녀의 다른 시(「하필이면」)에는 자기 몸에 붙은 객귀를 떼 내려고 무당을 찾아가는 모습이 보인다. 객귀에 걸린 건 심신이 많이 약해진 탓이리라. 그런데 그런 몸에 붙은 객귀가 하필 죽은 아버지 귀신일 줄이야. 이 때문에 삭신은 와글거리고, 신열로 몸은 들끓는다. 아버지는 피붙이고 이해관계를 떠나 전적으로 수용할 수밖에 없는 존재임에도 불구하고, 도리어 객귀가 되어 떨쳐낼 존재로 작용된다는 게 아이러니하고, 당황스러운 것이다. 이 고통을 떨쳐내려고 그녀 역시 객귀물림을 한다. 이 시는 아버지라는 자신과 가장 가까운 피붙이가 사후에 객귀가 되어 딸의 몸을 임시 처소로 삼은 데 대한 괴로움과 갈등을 보여주면서, 아울러 그러한 고통스러운 '아픈 소통'을 통해, 가까스로 자신의 몸과 정신에서 아버지를 떼어냄으로써 몸과 마음이 가벼워지는 치유의 과정을 보여준다. 혈육에 대한 사랑과 그럼에도 불구하고 어쩔 수 없이 감내해야 하는 이별을 통해 자신이 거듭남을 각성하는 것이다. 아픈 자기 인식인 셈이다.

객귀에 걸릴 정도로, 병들고 아픈 자신을 드러내는 시는 이 시집 곳곳에서 보인다. 그 아픔은 '몸 구석구석 꼭꼭 숨었다가/ 우울과 불안이 찾아올 때/ 때마침 비 내리고 어둠살이 내릴 때/ 유리창에 갇힌 하늘과 바다를 볼 때/ 가슴이 답답해지면서/ 한꺼번에 와르르 쏟아져 나오'는(「섬유근통이란 病」) 특정한 증상으로 나타나기도 한다. 단순히 구체적인 병세의 증세로 아프기도 하지만, '꽃 진 자리만 봐도 살갗이 아리고/ 뼛골이 시린' 심리적인 증세를 보이기도 한다. 몸이 아프면 마음도 따라 아픈 것임을 들어 때로 그것은 고통의 미학으로 전환되기도 한다.

그래, 그녀는 몸이 많이 아프다. 몸이 아프기에 말도 아플 수밖에 없으며, 그런 그녀가 그려내는 시들도 그러할 수밖에 없다. 그렇다면 그녀가 그려내는 시를 두고 고통의 미학이라 할 만하다. 친지나 이웃들에게 아픔을 호소하면서도 시로 그들의 아픔을 자기 일처럼 공감하기도 한다. 자연에 대한 인식과 다수의 여행 시들, 그리고 가족과 이웃들을 그린 시들이 보여주는 정겹고 눈물겹고 아련한 감성들은 이러한 자기 상처의 의식을 거쳐서 도달하는 화해의 꽃 세계이다.

일상 삶과 몸이 겪는 고통의 증세는 결국 아름다운 꿈과 화해의 소통으로 지향되리라는 의욕을 버리지 않는다. 그것이 그녀 자신의 아픔의 치유법이기도 하다. 그녀의 시는 그러므로 일상과 비일상의 경계와 더불어, 아픔과의 끊임없는 조우를 통해 삶과 죽음의 경계를 넘나드는 화해의 미학이며, 끊임없는 삶의 의

욕으로 이웃과 공감하는 연민의 미학이라 할 수 있겠다. 화해의 미학은 아픔을 극복해가는 자신이 그 주체이며, 연민의 미학은 자신이 몸담고 있는 현실 속의 친지와 이웃 등 더불어 살아가는 삶의 모습들과 연대되고 있다. 그 미학은 육신의 고통에도 불구하고 비명을 내지르기 보다는 서정의 끈을 놓지 않은 채 예민하게 말을 이어내고, 그러면서 주변의 삶을 끌어안는 사랑의 정서로 버팅겨진다.

자기 고통의 확인을 통해 '녹슮'과 '가벼움'의 정서를 끌어냄으로써 화해의 미학을 보여주는 아름다운 시 한 편을 끝으로 붙인다.

방치된 못이 있다

녹물이 흙먼지에 절은 땀처럼 흘러내려

너덜너덜해진 가슴팍 같다

일 년 가까이 사는 동안

전혀 눈치 채지 못했다

우울한 자는 딱 그만큼의 맘으로 사물을 대한다는데

여태껏 관심도 없던 저 녹슨 못의

존재가치에 대한 궁금증이 생겨난 탓은

갑자기 찾아온 적적함 때문일까

내 키보다 더 높이 박혀서

손이 닿을 듯 말 듯

줄을 내려 목이나 매달면 적당한 높이에서

자신의 필요성을 토로하듯 녹물 뿜어내고 있다

태어났다고 다 삶이 아니지

삶이라면 제 감당할 만큼의 무게는 주어질 텐데

저 못의 생은 참으로 허망하다

세상만사 다 귀찮아진 녹슨 맘이라도 걸어줄까

이미 다 썩어문드러진 맘은

새의 깃털만큼이나 가벼울 테니

- 「녹슨 맘」 전문

反詩시인선 005

- -

아버지 내 몸 들락거리시네

2018년 9월 10일 초판 1쇄

지은이 황명자
펴낸이 강현국
펴낸 곳 도서출판 시와반시

2011년 10월 21일 등록(제25100-2011-000034호)
주소 대구광역시 수성구 지산로 14길 8, 101-2408호
대표전화 053)654-0027
팩스 053)622-0377
E-mail khguk92@hanmail.net
ISBN 978-89-8345-045-6 03800

이 도서는 대구출판산업지원센터
2018년 지역 우수출판콘텐츠 제작 지원 사업 선정작입니다.

잘못 만들어진 책은 바꾸어 드립니다.

이 도서의 국립중앙도서관 출판예정도서목록(CIP)은
서지정보유통지원시스템 홈페이지(http://seoji.nl.go.kr)와
국가자료공동목록시스템(http://www.nl.go.kr/kolisnet)에서 이용하실 수 있습니다.
(CIP제어번호 : CIP2018024521)